KB265504

고요를 담다

황 희 영 시집

도서출판 도휴

시인의 말

계간 〈시현실〉 등단 이래 네 번째 시집을 엮는다.

시를 쓰는 일은 덕지덕지 껴입은 무거운 옷을 하나씩 벗겨 내는 것과 같았다.

영혼을 담지 않고 어떤 일에 몰두한다는 것이 목적지에 다다르는 것보다 목적지로 가는 과정이 더 힘든 여정이다.

조금은 느슨해 가는 정신을 다잡고 미래 의제에 대한 성찰을 곧추세우며 하루에 한 편의 화두를 잡고 뚜벅뚜벅 걸었다.

2024년 여름

황 희 영

차례

1 부

능금, 꽃밭에서 _ 11

어느 무명 시인의 노래 _ 12

바람이 된 추억 _ 14

단 한 번의 사랑 _ 15

우뭇개 동산 _ 16

한탄강 주상절리 협주곡 _ 17

눈물 _ 18

봄물 터지다 _ 19

감자꽃 _ 20

우수 _ 23

봄 오는 소리 _ 24

빈 의자 _ 26

해물칼국수, 그 집 _ 28

해미읍성 탱자꽃 _ 29

4월 그리움 _ 30

부부 싸움 _ 32

고요를 담다 _ 34

4월 _ 35

복수초 _ 36

2 부

마지막 선물 _ 38

초여름 밤 _ 40

만항재 _ 42

자연과 바람 _ 44

큰엄마 _ 46

태백산 주목 _ 48

여름 나기 _ 49

고비사막의 별빛 _ 50

어미母 _ 52

그 꽃 _ 53

로드킬 _ 54

수도사 함박꽃 _ 56

다람쥐 생각 _ 58

송홧가루 _ 60

정원과 나 _ 61

3부

가을 안부 _ 64

늦게 찾아온 그리움 _ 66

도비산 동사로 가라 _ 68

가을밤의 향연 _ 70

가을 축제 _ 71

반려묘 '꽁치'를 보내고 _ 72

양로원 _ 74

간절기 _ 76

고해성사 _ 77

서산 갯마을 1 _ 78

서산 갯마을 2 _ 80

물수제비 _ 81

고독과 사유 _ 82

꿈 _ 83

상처적 가을 _ 84

노을 _ 85

가을꽃 _ 86

4 부

삼포리 그 역에는 _ 90

산다는 것은 한 줄기 포말이었다 _ 92

무화과 _ 94

딱따구리 _ 95

향수 _ 96

중년의 끝자락 _ 98

눈발 _ 100

그림자 _ 101

수묵화 _ 102

서산에 오면 _ 103

울고 싶은 날 _ 104

아버지 고향 _ 105

운도 때로는 받아들여야 한다 _ 106

간절함은 도끼여야 한다 _ 107

낙타의 울음소리 _ 108

해설

별을 동경하는 고독한 낙타의 길 _ 113
_이 성 혁 (문학평론가)

1부

붉은 동백꽃이 봄비를 맞고 있었다

누구도 주목하지 않는 곳에서

터질 듯 꽉 찬 꽃봉오리와

흐드러진 진분홍이 더할 나위 없이

아름답고 찬란했다

- 「우수雨水」 중에서

능금, 꽃밭에서

비바람 몰고 간 능금 밭에서
꽃술을 감싸고 있는 꽃잎의 눈물 보았다

맨몸으로 알을 품고 비바람 견뎌내는
경이로운 어미 새처럼
한낱 미물에 지나지 않는 과일나무지만
자식 사랑은 숭고했다

낳고 기르는 마음이야 모두가 같은데
세상에 태어나기도 전에 버려지는 생명을 보며
금수만도 못한 인간들에게 경종을 울리고 있다

생명의 탄생은 사람이나 꽃이나 숭고하다
죽음 같은 아픔을 견뎌내고
뼈아픈 시련을 이겨내
목숨 같은 열매가 열리겠지만
요즘 같은 봄날
소나기 피하는 능금 꽃도 안절부절, 조바심이다

어느 무명 시인의 노래

국밥 하나로 몇 대째 우려먹고 사는

장터소머리 국밥집

장날 아침이면

흐벅진 소머리 삶는 냄새 울타리를 넘고

현란한 칼 놀림에 은행나무 도마도 떨었다

정오를 알리는 사이렌이 울릴 때쯤이면

이 고을 저 계곡에서 아침밥 설치고

장 보러 나온 야생초들이 권커니 잣거니

막걸릿잔 나누며 투가리 긁는 소리가

개구리울음처럼 꾸르륵거렸다

진종일 우려먹은 무쇠솥에서 소금꽃 피고

어스름이 가난처럼 장바닥에 내려앉는다

쪽진 세월

그 많던 고무신 가게, 솜틀집은 간 곳 없고

떨이로 팔려 온 열무단 속에서

가늘게 울고 있는 풀벌레 소리

먼 옛날 장터 주막에서 쓸쓸하게 묵고 간

어느 무명 시인의 노래일지도 모른다

* 쪽진: 결혼한 여인이 머리에 비녀를 꽂는 것

바람이 된 추억

신혼 시절, 세 들어 살던 문간방

자리끼가 추위에 얼고

문풍지가 밤새 울어도

우리 부부는 날마다 행복했다

그 달콤한 방에서 겨울을 보내고

봄 여름도 뜨겁게 보낸 초가을

남산만 한 배를 안고 친정으로 떠난 새댁

가을 햇살이 깻단처럼 쏟아지는 날

까만 눈동자가 초롱초롱한

예쁜 여자아이를 안고 돌아왔다

창문으로 쏟아져 들어오는 별빛을

치마폭 가득 담았다는

태몽이 맞아떨어지고

아기가 뛰놀기 좋은

마당 넓은 집으로 이사 가고 싶었던 그 집

단아한 담장 앞에는

붉은 모란이 훤하게 벙글고 있었다

단 한 번의 사랑

내 가슴이 기억하고 있는

가슴 뜨거웠던

사랑이 있습니다

미루나무 잎이

아지랑이처럼 피어오르고

사과꽃 향기가

수줍은 미소처럼 상큼한 강 언덕

처음 느껴본

가슴 뜨거웠던

그날

내게도 단 한 번

그런 날이 있었습니다

우뭇개 동산

성산포 우뭇개 동산에 가면

바람 소리만 듣고 자란 갯무꽃을 만날 수 있다

차라리 하늘도 바다였으면 좋았을

성산일출봉

사시사철 파도 소리에 둘러싸인 외로운 큰오름

달빛도 쉬어가고 별빛도 머물다 간다지만

정작 외로운 나그네 의지할 곳 없었다

우도 앞마당 우뭇개 동산에는

풀 한 포기, 한 개의 돌로

섬지기가 되고 싶다던 이생진 선생 시비가

피곤하면 눕다 가고

고독하면 울다 가라고

앉아 있는 시비詩碑에 뭉게구름 뭉실뭉실 떠다닌다

유채꽃보다 향기롭고

개나리꽃보다 노란 갯무꽃에는

파도 소리를 물고 온 꿀벌들이

차례를 기다리며 수꽃 봉오리를 물고 몸살을 앓는다

한탄강 주상절리 협주곡

생존의 첨예한 눈물이었을 잔도길

굽이굽이 물안개 피어오른다

계절이 바뀌어도 가벼워지지 않을 비경

고삐 풀린 바람처럼

바위산 허리를 통째로 감아 돈다

몸의 언어로 숲을 이룬

노송의 영혼은 몰라도

수런거리며 흘러가는 여울물 속내는 알 것 같다

열병식 같은 한탄강 주상절리 협곡

아직도 자갈 같은 포성이 굴러다니고

돌무늬처럼 새겨진 선명한 탄흔이

세상과 통하는 길목마다 버티고 있다

아버지 등골 같은 윗물 길 따라

상처만 남아 있는 고석정 주춧돌

술잔 부딪치는 소리 쟁쟁히 들리는 듯한데

날개 부러진 바람 소리 침묵을 두드린다

눈물

저수지에 내리는

가느다란 봄비를 맞으며

한참을 앉아 있었다

빗소리는

비가 내는 소리가 아니라

저수지 물이 내는 소리란 것을,

그래도 빗소리거늘 생각했는데

하늘도 나처럼

소리 없이 눈물을 흘렸나 보다

봄이 오면

몸살처럼 찾아오는

내 눈물의 사연을

저 봄비는 알고 있을까

봄물 터지다

산수유 꽃길에

봄을 기다리던 휘파람새 노래하고

이팝나무 가지에도

봄 오는 소리 파릇파릇하다

별빛 하얗게 피던 밤

사랑의 늪에 빠져

은하수 건너간 그대가 그리워진다

너를 잃고

고독에 묻혀 산다고 하지만

웃음기 잃은 삶은 삶이 아니었다

일요일에 아름다웠던 여자

월요일에는

더 아름다울 거야

감자꽃

감자꽃 피는 이맘때면

이등병 달고 첫 휴가 나오던 날

고향 가는 버스에서

고속버스 안내양이 된

유년의 여자 친구를 만날 수 있었다

감자꽃이라고 놀려도

마냥 웃기만 하던 그녀

촌스럽고 오종종한 얼굴은 간데없고

말끔한 정복에 차양 달린

예쁜 모자로 단장한

그녀의 모습이 너무 예뻐 보였다

지나가는 곳마다

그 고장 유래며 전설을

유창하게 설명하는 모습에

나는 멍하니 그녀의 입술만 바라보며

눈을 떼지 못했다

종착지에 도착한 우리는

많은 이야기를 나누지 못했지만

서로 바라보는 가슴에

촉촉하게 번지는 마음은

같았을지 모른다

차 한잔의 배려를

잊지 않던 친구의 우정에

방책선 초병은 몇 날 며칠을 두고

바랭이처럼 달라붙는

눈매 선한 감자꽃에 취해

밤안개로 써 내려간 편지를

끝낼 줄 몰랐었다

아직도

감자꽃 피는 이맘때쯤이면

그날이

슬그머니 찾아와

젊은 그리움을

가슴에 던져 놓고 간다

우수雨水

봄비 내리는 날

카페 봄비에 앉아 시를 생각한다

문득 눈을 들고 보니

맞은편 한옥 볼품없는 화단에

붉은 동백꽃이 봄비를 맞고 있었다

누구도 주목하지 않는 곳에서

터질 듯 꽉 찬 꽃봉오리와

흐드러진 진분홍이 더할 나위 없이

아름답고 찬란했다

뜻밖에

가까이 지내는 친구의 안부 문자가 왔다

망설임도 없이 답장을 쓴다

누추한 내 주변 골목길에

동백꽃으로 오신

봄비를 알현하고 있다고

봄 오는 소리

봄볕 쏟아지는 날

나는 너에게로 가고 싶었다

민들레 꽃송이 같은

너의 손을 잡고

봄볕 쏟아지는

들길을 걸어가며

봄 오는 소리를 듣고 싶었다

까무룩 잠들었던 들판에

휘파람새 울고

비단결처럼 빛날 들풀들이

여기저기 실눈을 뜨는데

지금 너는 어디쯤에서

머뭇거리며

어느 꿈속을 걷고 있는지,

나는 오늘도 봄기운 감도는

길 위에 서서

자연의 교향곡이 속삭이는

너의 정원을 만들고 싶다

에메랄드 빛 그린 하늘

감미로운 미풍으로

너의 낙원이 되고 싶다

빈 의자

오늘도

그 자리

멀거니 앉아 있는 빈 의자

얼마나 많은 사색들이

드나들었는지

댓돌처럼 반질거리는 팔걸이가 반짝인다

이 세상 그 어떤 무거운 상념도

안락 속에 등을 누이면

잠시라도

고요 속에 안착安着했으리라

반드시

누군가를 위해 비워둔 의자는 아니지만

누구나

무료함을 달래고 생각을 진료하는

물리치료실이고

처방전을 내는 달빛소나타가 아닐까

해물칼국수, 그 집

칼국수가 먹고 싶은 날은

입소문 자자한 해물칼국수 집으로 간다

바지락, 새우, 오징어 듬뿍 넣고

고추장 풀어 끓인 해물칼국수,

시청 뒷골목 칼국수 그 집에는

오늘처럼 비 오는 날이나

해맑은 날에도 만원이다

옆자리 사내는 지난밤 과음이라도 했던지

그릇째 들고

후룩후룩 마시는 국수 다시물

시원하게 가슴 쓸어내리며

이쑤시개 하나 뽑아 들고 출입문을 나선다

온통 바다 내음이

어머니 무르익은 손맛을 넘보는

해물칼국수, 그 집에는

파도 소리가 살고 있다

해미읍성 탱자꽃

병인양요 대학살로

순교자의 핏물이

바다를 물들일 때

성벽 넘어

탱자꽃에도

이차돈의

핏물인 양

새하얗게 핀 탱자꽃

4월 그리움

내리치는 천둥소리에 꽃에서 떨어진

나비 한 마리

끝내 풀잎에

날아오르지 못하고

들풀에 제 이름 묻었습니다

그 애가 걸쳤던

동백꽃 같은 이름

세상에는 왜 그리 흔한지

길을 가다가도

귀 익는 소리에

허기를 달래듯 거리를 훔칩니다

이제는 노란 추억만 생각하자고

입술 깨물어도

긴 한숨 속에는

천만 개의 그리움이 스쳐갑니다

이슬 맺힌 꽃잎에 앉았다가

훌쩍 날아가 버린 동백꽃 같은 너,

하늘 향해 소리 질러 봅니다

보고 싶다고……

부부 싸움

푸르름이 짙게 깔린 청량산

햇살에 쫓겨 떨어지는 이슬방울 소리

독경처럼 고요를 깨트린다

성년이 넘어도 이소離巢치 못하는

자식의 구겨진 정신상태도 상태지만

품 안의 끈을 놓지 못하는 아내의 편견이

부부 싸움으로 이어진다

아비라고 자식 사랑하는 마음이 없겠냐만

염려스러워 던지는 말들이

잔소리로 들리는지

번번이 지는 게임이고

서먹해지는 것은 우리 부부 사이뿐

겸사겸사 나선 여행이지만

상상은 현실을 뛰어넘지 못했다

젊은 시절 부부 싸움도 하룻밤만 지나고 나면

물거품처럼 사그라지더니

나이 들고 힘 달리니 그도 저도 어렵다

구름이 아내처럼 청량사를 감싸고

바람은 애꿎은 범종만 때리며 지나간다

고요를 담다

밤새 속삭이던 별들이

꽃잎으로 내려앉은 산딸나무 가지

한 소쿠리 포르르 참새 소리 쏟아져 내린다

적막한 용비지에 물안개 걷히고

숨결에 얽힌 미세한 바람

햇살에 부딪혀 은빛 윤슬이다

그늘진 숲길 따라

설핏 들려오는 산울림

향긋한 산 내음에 쪽빛 하늘 구름 한 점

이런 봄날이 내게 몇 번 있었던가

초록으로 짙어가는 도린곁

호반의 고요가 내 영혼에 담긴다

4월

바람이 떨어뜨린 벚꽃을 밟으며

엄마 손 꼭 잡은 아가가 걸어갑니다

호기심 찬 눈동자 까르륵 웃는 얼굴

연분홍 꽃잎이 아가의 웃음을

한 움큼씩 공중에 흩뿌려 줍니다

아가는 아장아장 걸어가고

바람은 살랑살랑 춤추고

꽃잎은 주르륵 따라갑니다

청벚꽃도

겹벚꽃도

아가의 발그레한 볼처럼

4월은 눈빛까지 향기로워집니다

어린 햇살 뛰노는 풋보리밭

멘델스존 바이올린 협주곡 같은 햇살

4월의 풋보리밭을 뛰어갑니다

복수초

우수 경첩 지나간 흰 눈 속에서

탐미적 동경이 꿈틀대기 시작했다

사랑과 죽음의 심연沈然을 뛰어넘어

쇠보다 더 강렬한 원초적 본성으로

차가운 우주를 들어 올리며

노란 미소를 피워낸 한 송이 야생화

의연한 속성이 아니었다면

혼자 힘으로 꽃을 피우고

노란 몸을 태워

화사한 봄을 만들어낼 수 있었을까

저 외딴 도린 곁

하얀 치맛자락을 깔고 앉아

봄을 외치고 있는 수줍은 여인

바람이 스치고 지나갈 때마다

새들의 노랫소리와

벌 나비들 날개 춤을 그리워하겠다

2 부

열린 창문으로 바람에 흔들리는
꽃잎을 바라볼 때면
세상이 한없이 아름답게 보인다
따사로운 햇살
새들의 지저귐
나래 비비는 풀벌레 소리
멋진 세상을
살아가는 나는 행복하다
　　　　- 「정원과 나」 중에서

마지막 선물

애써 지켜준 우정을 낭떠러지로 밀어내고

너는 행복했는지 몰라도

죄 없는 우리 가족에게

씻을 수 없는 슬픔을 안겼던 너,

풍문으로 들려오는 너의 호의호식이

숙명으로 받아들이기에는 너무 큰 고통이었다

삶의 중심을 잃고 얼마나 많은 고통을 감내하며

살아왔는지 너는 모를 거다

사과랍시고 슬그머니 접근을 시도하는

네 속내를 알 것도 같지만

미치지 않고는 용서할 수 없는 너에게

마지막 부탁이 있다면

그냥 모르는 척 지나가 다오

그것만이 나에게 할 수 있는 마지막 선물이다

내 인생의 파노라마 같은 솔직한 심정은

돈 잃고 친구 잃은 수치보다 비열한 너를

친구로 본 내 눈을 뽑아내고 싶었던 때도 있었다

이제는 달빛 고고한 밤

황홀한 산책을 누릴 수 있다는 것만으로도

충분히 행복하다

그러나 아직도 너의 한 치 혓바닥이 두렵다

초여름 밤

달짝지근한 감꽃 냄새 가득한 뒤란

배불뚝이 항아리 속 된장 고추장이

그리움보다 깊은 봄볕에 달게 익어가고

까맣게 그을린 누이 얼굴에도

수선화처럼 뽀얀 봄이 왔지요

나물 캐고 밭 매고

놋달챙이*로 가마솥 닥닥 긁어

누룽지 뭉쳐 쥐여주며

삼베 보자기 덮어 들밥 내가던 누이

어느 그믐날 밤

봄바람 따라 서울로 가고

아지랑이처럼 떠오르는 꽃다지* 생각에

감꽃 실에 꿰어 말리시며

대문 열어놓고 주무시던 어머니

수없이 감꽃 피고 딱따구리 울어도

텅 비어있는 하늘, 이제는

어머니마저 침묵 속에 묻혔습니다

* 놋달챙이: 솥 바닥을 하도 긁어 초승달처럼 끝이 닳은 놋숟가락
* 꽃다지: 처음 열린, 또는 첫 자식

만항재*

애옥살이 청산하고 떠나올 때

다시는

돌아보지도 생각지도 않겠노라고

어금니 앙다물고

넘었던 만항재

세상을 걸치고 물들면

잊힐지 생각도 했었는데

방향 없는 삶에서 발 빼고 싶었던

눈물 가득 녹여내던 날에는

금대봉 자생 꽃

싱그럽던 기억과

바람의 언덕 푸른 고랭지 배추밭이

매듭 풀린 망각처럼 마구 피어오른다

오늘처럼 무더운 날이면

차가운 물에 발 담그고

오한이 나도록

더위를 삭혔던

만항재 계곡물이 그리워진다

* 만항재: 태백과 정선 사이 해발 1,500m의 고갯길

자연과 바람

인간은 언제나

자연의 질서보다 자신의 질서를 앞세우고

그것을 문명이라 부르며 산다

자연은 함께 살아가야 할 주체적 대상이고

유용하게 써야 할 객체적 대상이란 것을

모르고 있는 것이 현실이다

인간은 자기 편의를 위해서라면

다른 생명쯤은 안중에도 없고 오직 자기들의

편의만을 위해 난개발을 서두르고 있다

지구는 온난화와 함께

뚜렷했던 계절의 경계가 흐려지고

꿀벌들이 자취를 감추고 각종 꽃이 제때를

잃어버린 채 한꺼번에 피고 진다

자연의 변화는 변화만으로 그치지 않고

지금보다 더 큰 재앙을 몰고 올지도 모른다

조용히 자연의 소리를 들어보라

얼마나 신비롭고 경이로운 소리인가를

그러나 저 소리가 멈출 날이 온다면

세상의 종말이 올지도 모른다

큰엄마

갈바람 소슬한 날에도

어둠이 방문을 닫아 걸을 때까지

여뀌 꽃피는 오리바위를

눈물로 바라보시던 큰엄마

오리 알 주우러 간 형아는

십 년이 지나가도 돌아올 줄 모르고

오리바위엔

오리 똥 냄새만 여전합니다

막내아들 찾아보겠다고

슬픔 아니면 갈 수 없는 곳

홀로 나선 큰엄마

피안 어디쯤 형아는 만나셨는지요

휘돌아 나가는 여울물 소리에도

염소 떼 뛰노는 바람결에도

형아 부르는 목멘 소리가 들리는 듯합니다

구름이 붉어지는 계절

돌단풍도 발그레 물들고

누렇게 익어가는 풋감에서

큰엄마 냄새가 나는 듯합니다

태백산 주목朱木

태백산 정상을 오르다 보면

의연히 침묵하고 있는

주목을 만날 수 있다

온갖 풍상 다 겪어낸 가지마다

청청한 비색이 감돌고

무성한 가지 사이로 쏟아지는 햇살

내 얼굴 간질인다

철쭉꽃 피는 유월이면

천년쯤 살다 간

고고한 주목 뿌리에서

부도탑 사리가 그러하듯

무르익은 주목 향기 분분하다

향긋한 철쭉꽃과

주목군락이 경이로운 곳

햇살 가득한 태백산이 좋다

여름 나기

벨만 울려도 쪼르륵 달려 나와

스크래치 긁어가며 마중하던 고양이

고무줄처럼 튕겨 나갈

웅크린 자세는 어디 가고

배를 깔고 엎드려 미동도 하지 않는다

아픈 데라도 있는가 싶어

보듬어 안고 목덜미를 쓰다듬는 순간

푸른빛 눈동자가 백태에 가려

앙상한 갈비뼈만 손에 잡힌다

가혹하리만치 무더웠던 지난 여름

내 몸 챙기느라

안중에도 없었던 집사의 무관심

얼마나 많은 울음으로 더위를 삭혔을까

가르랑거리는 환자를 동물병원에

입원시켜 놓고 돌아오는 길

내 영혼 깊은 곳이 발톱에 할퀸 듯 씁쓸하다

고비사막의 별빛

척박한 땅에도 에델바이스가 자라고

도마뱀 귀뚜라미 노랫소리가 길을 튼다

눈빛이 별빛 닮은

낙타, 가젤, 야생마가 바람을 가르고

펄쩍 뛰면 손에 잡힐 것 같은 별들이

눈이 시리도록 아름답다

모래바람 틈새로 노을빛 스며들면

열기가 짚불처럼 사그라진 모래밭에 앉아

동공 가득 쏟아져 들어오는

순연한 별빛에 가슴 두근거렸다

개구리 알 같은 은하수 강물 따라

내 유년의 잔상들이 버들강아지처럼 피어오른다

말간 모시 적삼 같은 누이

사랑의 맹세를 은하수에 던져놓고

별이 된 지 어언 반백 년

사막 하늘에 반짝이는 외로운 별이 되어

울고 있지나 않을지

오랜만에 누님 같은 별빛을 바라보며

못다 한 이야기 밤새도록 나누고 싶다

어미 母

어미 잃고 울부짖는

병아리 우는 소리 들어 본 적 있나요

세상에서 가장 슬프고

애간장 녹이는 울음소리

어린 목숨 다 건 듯

피가 솟구치는 심정으로 울부짖는 절규

어미 찾는 애끓는 마음이야

사람도 마찬가질진대

단지 어미 삶에 짐이 된다는 이유만으로

어린 목숨 무자비하게 유린한

금수만도 못한 인간

어쩌면 법 앞에 저리도 당당할 수 있는지

세상은 그도 인간이라고

저울 앞에 세워놓고

죄 무게를 달고 있다

눈물을 모르는 흉악한 짐승에게

회개와 용서를 강요하기보다는

지옥 승차권이 마땅하지 않을까요

그 꽃

가야산 오르다 본 꽃

올봄에도

화들짝 피었다

넌 언제 오니

바위틈에 끼어

성가심 없이

수줍은 듯 향기로운데

넌 언제 오니

바라만 봐도 사랑스럽고

돌아서면 또

보고 싶은

너처럼 예쁜 그 꽃

로드킬

문득 별들이 쏟아지는 남한강이 보고 싶었다

얼마쯤 달렸을까,

불빛 저쪽에서 갑자기 뛰어든 고라니 한 마리

급정거할 겨를도 없이

안타깝게도 속도의 먹잇감이 되고 말았다

중앙선을 건너지도 못해 보고

예고 없이 닥쳐온 죽음 앞에

마지막까지 부릅뜬 눈

무언가를 듣고 싶었던지 쫑긋 세운 두 귀

어느 산등성이, 어느 들판을 내달렸을 두 다리며

입가에 흐르는 선명한 핏자국

처절하게 울부짖다 짚불처럼 꺼져가는 비명소리

이 짧은 도로만 건너가면

향긋한 산유화를 따 먹을 수 있다는 생각에

숲을 향해 뛰어가던 중이거나

아늑한 집을 향해 가는 중일지도 모른다

어쩔 수 없이 맞닥뜨렸던 순연順延치 못한

행동을 자책하면서

안개 자욱한 강가를 떠도는 내내

고라니 비명소리 귓가를 떠나지 않았다

수도사 함박꽃

도비산 수도사에 가면

이제 막

꽃망울 터트린

함박꽃 만날 수 있다네

꽃밭에 앉아

함박꽃 같은 꽃 이야기

들려주는 수진 스님

단애斷崖한 세상

네 마음이 예쁜지

내 모습이 예쁜지

바람이 만지작거리는

그런 꽃 이야기

자주색 분홍빛 으아리

색깔마다

모습도 닮은 붓꽃이며

고광나무꽃

철원석, 창포꽃도

그곳에 가야 만날 수 있다네

호랑가시나무꽃도 ……

다람쥐 생각

봄바람이 몹시 불던 날

씹을 것도 삼킬 것도 없는 솔 씨를

저녁이 타들어 가도록 씹고 또 씹는다

어디서부터 잘못된 프로그램일까

일부다처제 바람둥이가 생뚱맞게 춘궁기를 겪다니

무슬림처럼 사랑을 핑계 삼아

암컷 일꾼들만 골라 짝꿍으로 위장하고

손발 닳도록 노역을 강요하더니

이 삼월 보릿고개가 웬 말인가

첫눈 내리고 곳간이 차오를 때쯤

눈먼 짝꿍 하나만 남기고

대문 닫아걸었던 관습이야

대대로 내려오는 집안 관례이고

달콤한 알밤으로 배부른 뒤통수를 벽에 대고 누워

눈먼 짝꿍에게 썩은 도토리만 던져주던

비열한 심보는 타고난 습성으로 치지만

지금, 겪고 잇는 고통쯤이야,

행복했던 아방궁을 생각하면

체온 없는 깃털만으로도

견뎌낼 수 있을 거라고 앙다문다

종일 굶은 허기가 등뼈를 잡고 흔들어 댄다

송홧가루

– 어버이날에 붙여

송홧가루 질펀하게 날리는 이맘때면

유년의 별이 잠을 깨웁니다

제상에 송화 다식 올리시고

송화 소금으로 담가놓은

장 항아리 열어놓고

송홧가루 받아 앉히던 어머니

지난한 등짝에 불 지른 햇살이

뉘엿뉘엿 혼백으로 씻을 때까지

얼어버린 심장에 뿌리내린

소나무 한 그루

베어내지 못하시고

인생이란 머리로 사는 것이 아니고

가슴으로 사는 거라시던

사그랑이 된 송화 꽃 같은 어머니

노랑 카네이션 바람에 띄워 보냅니다

정원과 나

정원이 따로 없는 우리 집

현관이 집 안이기도 하고

집 밖이기도 하다

정원을 바라보며

차를 마시기도 하고

공상에 빠지기도 하며

시를 쓰기도 한다

꽃들이 피고 지고

열린 창문으로 바람에 흔들리는

꽃잎을 바라볼 때면

세상이 한없이 아름답게 보인다

따사로운 햇살

새들의 지저귐

나래 비비는 풀벌레 소리

멋진 세상을

살아가는 나는 행복하다

3 부

쑥부쟁이꽃 즈려밟고 가신다고 해도
정녕 보내드릴 수가 없었습니다
내가 당신을 보내지 못하는 까닭은
가을 달빛 밤하늘에 매달고
강물처럼 우는
풀벌레 울음 때문만은 아닙니다
                                    - 「상처적 가을」 중에서

가을 안부

컴퓨터에만 매달리지 말고

하늘 좀 보고 살리는 메일이 왔다

창문을 열었다

홍시 빛 노을이 와락 가슴으로 달려들고

옥천암 저녁예불 끝낸 바람이

말간 풍경 소리를 고스란히 던져 놓고 간다

라마승처럼 오체투지로

길 떠날 채비 서두르는 단풍잎

연애편지 손에 든 소녀처럼

마당을 가로질러 굴러간다

계절이 지나가는 회색빛 그늘 뒤로

날 선 칼을 들고 쫓아오는 겨울 망나니

삼동三冬 울리는 얼음장 같은 목소리에

마지막 남은 달력 한 장 제풀에 겨워

떨어지고

나목이 되어가는 나뭇가지

바람의 입을 빌려 휘파람 소리로 운다

나는 쓸쓸한 창틀에 기대서서

친구가 보낸 메일 속에

입동에 매달려 울고 가는 가을을 본다

늦게 찾아온 그리움
- 어머니 45주기에 붙여

가을비 추적추적 내리는 날

붉은 산수유 쪼는 곤줄박이 식구들을 바라보다가

문득 일하러 가신 어머니 기다리던

어린 날이 떠오른다

고요가 켜켜이 쌓인 방안

문살 흔드는 바람 소리에 가슴 떨던 저녁

어둠을 가로질러 오신 어머니

서둘러 보리쌀 씻는 소리에

안심에 기대어 격랑은 잦아들고

가슴은 기쁨으로 가득했다

늦은 저녁밥을 짓고 구호물자로 받아온

우유를 데우시며 내 영혼을 위로해 준 어머니

당신 무릎에 앉아 새처럼 종알거리던 소년은

덧없이 늙어가고

세월은 삐걱거리는 거룻배처럼 흘러갔다

가을 한 철 억새꽃이 되어 바람으로 살다가

낙엽 지던 날 홀연히 떠나신 어머니,

보고 싶습니다

도비산 동사東寺로 가라

마음이 무거운 날에는

수양 도량 도비산 동사로 가라

대웅전 뜨락에 영혼을 벗어놓고

서해 천수만을 향해

가슴 후련하도록 소리 한번 질러보라

깊었던 생각 불편한 심기

바람결에 흩어지고

물안개 허공에 부서지듯

눈가에 어른거리는 소금 꽃도

가슴 짓누르는 잡념마저 흩어지리라

산이 낮다고 절조차 낮을 수 없고

절이 작다고 기도 도량이 아닐 수 없다

멀리 간월암,

수덕사 덕숭산이 눈 아래 들어온다

번뇌도 고뇌도 벗어던져라

육백 년 벚나무 가지에

저녁달 붉게 울면

저녁 공양 목탁 소리에

무거웠던 마음 무수히 뛰어내린다

가을밤의 향연

가을은

외롭고 슬픈 영혼들의 합주로

완성되는 계절이다

달빛이 지휘자라면

개울물 소리는

저음의 음역을 맡고

풀벌레 노랫소리는

소프라노 파트를 맡았다

들국화 개미취 향기까지

가을밤 정취가 모여

대향연의 합주를 이룬다

가을 축제

노란 호박꽃 넝쿨에

꽃가루 마사지 축제가 열렸다

호박벌 꿀벌 말벌이 뒤엉켜

전신에 꽃가루 바르고

퐁당퐁당 뛰어논다

고향집 앞마당 울타리

초가을 햇살에 토실토실 커가는 애호박

암꽃 꽃술에서도

데굴데굴 구르는 마사지 풍경

노을빛에 두꺼비 씨름 같다

어슬녘 내리는 박꽃

머릿결 하얗게 곧추세운 흰나비

하얀 장삼 어깨에 걸친 듯

나르샤* 나빌레라* 사뿐히 나르샤

* 나르샤: 날아올라라
* 나빌레라: 나비처럼

반려묘 '꽁치'를 보내고

가을이 첫눈에 덮이던 날

재롱둥이 반려묘를 흙으로 돌려보내고

소나무 등걸에 기대서서 한 발짝 가슴도

옮겨놓지 못한 채 고독에 빠져들었다

마흔도 못 되는 딸아이를 하늘나라로 보내던 날

삶의 곁가지마저 부러진 고목 같은

아픔을 겪고 있을 때

한 줄기 빛살이 가슴을 뚫고 들어와

한 번도 느껴보지 못한 새끼 고양이 재롱이

딸아이처럼 귀여웠다

사랑한 만큼 사랑을 주는 고양이 습성이

밉기도 하고 딸아이처럼 신통하기도 했다

그렇게 6년을 눈가에 두고 살아오던 날

바람을 연주하듯

진눈깨비 얼어붙은 창틀을 뛰어오른 '꽁치',

검은 차도르 같은 슬픔을

집사람 모두에게 안겨주고 떠나갔다

다정하게 어깨를 짚고 속삭이는 바람 소리

딸아이 곁에 파란 샛별이 되었다는 소식을

귓가에 전해주고 지나간다

양로원

쟁기 끌고 로터리 치고

황소처럼 살아온 세월

냄새나는 신발조차 벗어 던지지 못한 채

녹슬어가는 농기계 한 대

어스름이 군밤 냄새처럼 퍼지는 저녁

낡은 그림자를 끌어다 덮어가며

우울하고 슬픈 밤을 앓는다

남의 옆구리 툭툭 치며

앞지르기 급급했던 수많은 날

화살 맞은 짐승처럼 으르렁거리며

타고난 본능 잃어버린 적 한 번도 없었다

그러나

온몸이 숯덩이가 되어 썩어간들

이 슬픈 고독을 뉜들 연주해 주겠는가

누가 저 병들고

냐이테 많은 고물을 끌어다

고철 더미에 버리고 갔는지

철창에 매달려 죽비처럼 울어도

초혼 소리에 가슴 섬뜩하다

간절기

정신병동에서 도망쳐 나온 태풍 힌남노가

불심검문에 체포되었다는 속보를 읽는다

새벽달이 걸어간 산 위로

원망스럽던 구름이 한가로운 산책을 하고

오랜 약속이 묻힌 동 뫼 언덕

붉은 햇살이 목울대를 타고 울컥 솟아올랐다

헬리콥터가 아침 뉴스를 싣고

가래 끓는 소리로 지나가는 하늘 끝

저만치 기차가 철길을 두드리며 달려온다

새들이 마을로 내려와

교회당 종소리로 날아다니고

개들도 뒷골목을 누비며 수재민 행세를 한다

고독이 매달린 나뭇잎 틈으로

계절과 계절이 다투는 사이

별빛으로 써 내려간 풀잎 편지 속에

동경을 울리는 풀벌레 소리

태풍이 지나간 자리 가을이 걸어 나오고 있다

고해성사

가을에는 누군가에게

속 깊은 이야기를

털어놓고 싶은 계절이다

법당 부처님이건

강가를 뒹구는

조약돌이건, 내

속 깊은 이야기를 들어준다면

가을 같은 마음으로

홀가분하게 살고 싶다

서산 갯마을 1

가야산 너머
바다와 맞닿은 땅
상서로운 서산瑞山

해당화 향기
봄바람에 묻어오면

질펀한 갯벌에
능쟁이, 황발이, 칠게 따라
철새 떼 날아들고

저녁놀 곱게 물드는
물빛 고운 바닷가

더 늙기 전
고향 마을로 돌아가

망둥이 낚시 길게 걸어놓고

팔베개 돋아 누워

초연히 살고 싶다

서산 갯마을 2

삼화목장
목초지에 냉이꽃 피네

봄 여름 가을
낯가림 없이 꽃이 피네

작은 꽃도 꽃이라고
날아든 벌 나비

수줍어도
낯 설지 않은
사랑을 하네

햇볕을 매만지며
사랑을 하네

물수제비

납작한 조약돌로

물수제비 뜬다

탐방 탐방 탐방

동그라미 그리며

사라지는 얼굴

어느 봄날

그대에게 보냈던

심장 뛰는 박동 소리

고독孤獨과 사유思惟

고독해야 사유할 수 있다

고독한 시간과

공간이 있어야 비로소

고요히 생각할 마음이 주어진다

사유를 통해 반성하고

성찰해야, 진정

나를 발견할 수 있다

자발적으로 내 몸을 일으키고

나의 주체성을 되찾고

내가 해야 할 일이

무엇인지 생각할 수 있게 된다

수많은 별이 저마다

빛을 내듯이

우리 인생도

저마다 한가지쯤 빛을 낼 줄 아는

지상에 유일한 별이기 때문이다

꿈

참나무 가지가 눈발에 갇혀 밤새 우는 밤

길도 내도 지워진 길 따라

꿈속에 고향을 다녀왔습니다

하늘엔 유난한 뭇별들이 흐르고

새초롬한 눈썹달이 예나 다름없이

서산마루에 걸려있었지요

여울물 얼어붙은 강가

설핏 떠오르는 눈매 선한 이웃 사람들

수몰민으로 고향을 떠나던 시린 그날이

첫사랑처럼 그리워지기도 합니다

한 줌 햇살 매끄러운 봄이 오면

냉이 향이 코끝을 간지럽히고

쑥 향기 꽃내음에 주르륵 달려드는 뻐꾸기 울음소리

고즈넉한 산사 풍경 소리 따라

바람 타고 허공 떠나는

스님 닮은 동박새

상처적 가을

당신을 그냥 보낼 수 없었습니다

갈대꽃 하얀 손 흔들며

기러기 밤새 울어도

당신을 보내드릴 수 없었습니다

그래도

노란 단풍잎 뒤척이며

쑥부쟁이꽃 즈려밟고 가신다고 해도

정녕 보내드릴 수가 없었습니다

내가 당신을 보내지 못하는 까닭은

가을 달빛 밤하늘에 매달고

강물처럼 우는

풀벌레 울음 때문만은 아닙니다

눈썹 하나로 가릴 수 없는

당신과 나의 약속 깨질까 두려워

숫눈길 위에 구르는 종소리처럼

울부짖을 뿐이었습니다

노을

서해가

단풍잎처럼 물들 때

노을 속으로

뛰어든 마음

잊힌 당신이

꿈에서도 그리워진다

해당화꽃 무리에

파도가 빠져들었다

마지막

정염情念을

불태우는 바다

당신이 보고 싶다

가을꽃

밤이 새도록 소낙비가 내렸다

사유도 없고 묘사도 없이

창문을 두드리며 여름밤을 지새운다

미처 빠져나가지 못한 빗물이

이제 막 꽃망울 터뜨린

나팔꽃 넝쿨이며 달맞이 꽃대를 끌고 와

하수구 구멍을 메웠다

빗물이 추려내지 못한

나팔꽃이며 달맞이꽃

은유의 형상으로 꽃봉오리 되어

바람과 빗물이 완성치 못한 비유를

살며시 꽃 피우고 있다

아침의 여신 에오스가

귓가에 환유를

환한 빛으로 쓰다듬고 갔는지

비바람에 휩쓸린

초가을 아침을

초연하게 꽃 피우고 있었다

붉은 등대가 밝혀주는 삼길포 선상 횟집,
주름살이 파도 닮은 바다가 썰어주고
바람이 권하는 생선회 한 토막 소주 한 잔에
서산 갯마을 콧노래를 불러도 좋다

- 「서산에 오면」 중에서

<h1>4 부</h1>

삼포리 그 역에는

바람만 독거하는 폐사된 삼포리 역

하얀 손이 백옥같이 예쁘던 차표 끊던 아가씨

붉은 띠 모자가 어울리던 역장님, 그리고

정지와 출발을 신호하던 역무원

이제는 바람 되어 날아간 내 고향 명물들입니다

스위치백 트래인과 무연탄 야적장이

천덕꾸러기 같던 역두에는

그리움 같은 망초꽃이 무성하게 피어 있고

미니스커트 역전 다방 아가씨 웃음소리도

가락국수 판자촌마저 황성 옛터 된 지 오랩니다

때로는 도둑 승차 무료승차도 눈감아주고

기적 소리 높여 등교를 다그치며

승하차 기다려주던 비둘기호 통학 열차는

어디서 누굴 싣고 어디쯤 달려가고 있는지,

저잣거리로 팔러 가는 산나물 보따리와
아침밥 설친 까까머리 친구들과
오징어 땅콩 사이다를 부르짖는 소리와
정답게 실려 가던 입석 열차

역사에 기대선 그늘 깊던 느티나무
책가방 지켜주던 허리 긴 나무 의자
창가에 놓여 있던 톱밥 난로도
절망처럼 폐사된 삼포리 역에는
늙어가는 바람만 살고 있었습니다

산다는 것은 한 줄기 포말이었다

송곳으로 심장을 마구 찌르는 듯한 아픔과

찢어질 듯한 통증은 숨돌릴 틈조차 주지 않았다

조여드는 가슴을 움켜쥐고

소리 지르고 몸부림치며

누군가의 구원이 절실했지만

말 한마디, 손가락 하나 움직일 수가 없었다

얼마나 시간이 흘러갔을까,

나는 어느 별에서 어머니를 만났다

어머니는 자욱한 연기 속에서 고등어를 굽고 계셨다

살아서도 고등어구이를 잘해주시더니

아들이 온다고 죽어서도 고등어를 굽고 계시나 보다

비린내 나는 어머니 치맛자락을 부둥켜안고 울었다

어린아이처럼 엉엉 울었다

저수지에 내리는 빗방울 같은 아내의 울음소리와

응급실 창문을 넘어온 아침 햇살이

내 얼굴을 뜨겁게 핥고 있었다

무화과

한세월 빠져나간 허수한 가지에

홀로 물든 사랑

노을빛 허허로운 늦가을

누구의 가슴을 훔쳤는지

움켜쥔 주먹 속에 분홍빛 입술

사랑은 그렇게 찾아온 것인가

가을 잎은 아직 붉은데

시베리아 건너온 바람

소설소설 불어오고

시류 늦은 가지

갈잎에 부리를 묻는다

전생에 한 번쯤은 꽃이었을 무화과

연붉은 속살에 분내가 난다

딱따구리

한 번,

영혼의 안식을 위해

부처님 가슴을 두드리는

수천 번의 목탁 공양

한 끼,

식사를 마련하기 위해

천 번의 나무를 쪼는

딱따구리의 고뇌

냉한

산울림 소리가

까마득하게 잊고 살던

메마른 가슴을 적신다

향수 鄕愁

문득 고향 생각이 깊어지는 날은

풀벌레 소리마저

정겨운 사람들의 목소리로 들릴 때가 있다

도랑물 따라가는 초승달,

자드락 길에 뛰노는 날다람쥐

그리움이 문턱에 걸려 휘청거릴 때면

멍하니 서 있는 청노루 같은 그리움이

가슴을 휘감는다

움켜잡지 못하고 스치기만 했던

손등과 손등 같은 젊은 날의 초상

스크린 화면처럼 잔잔하게 흘러간다

이마의 주름을 매만지며

향수병으로 써 내려간 회고록 같은 글들을 모아

한 권의 시집을 만들고

반려묘 한 마리 재롱을 보며, 아내와 셋이

두 번째, 세 번째 시집을 펴냈다

오랜만에 아내와 눈 내리는 창가에 앉아

커피 냄새를 마시는 내 눈에

포란반* 같은 아내의 앞가슴이 들어왔다

한쪽 가슴을 열어놓고

새끼 입에 젖을 물린 채

삶을 캐고 계셨을 어머니 환상이

아내의 얼굴에 겹쳐진다

겨울이 와도 눈 한번 쓸어내지 못한

어머니 산소를 생각하니 코끝이 찡해진다

* 포란반: 새의 털 벗겨진 앞가슴

중년의 끝자락

정년을 앞두고 책상 정리를 하던 날이었다

바람이 들춰보고 간 시집 몇 권

창문을 타고 넘어온 별빛이 넘보았을 낙서장

서랍 속에 굴러다니던 볼펜 한 자루

자질구레한 도구들

한꺼번에 움켜쥐고 가방 속에 집어넣는다

아래 직원에 날카롭게 쏘아붙였던

지난 일들이 갑자기 떠오르는 이유는 또 무언가

함부로 뱉어낸 말투들도 가방 속에 처박았다

성큼 다가선 어둠 속으로 첫눈이 뛰어내리고 있다

손바닥으로 눈꽃 냄새를 맡다가

정들었던 뜨락을 쓸어보고 싶다는 생각이 들었다

취기처럼 가물거리는

흘러가지 못하고 쌓여있는 허튼 말들과

내가 밟아놓은 발자국들을 쓸어내려 간다

어리보기로 보낸 삼십 년을 쓸어내리고 있는 걸까

중년의 끝자락을 쓸어내는 건가

눈송이가 눈으로 날아들었는지

뜨거운 눈물이 양 볼을 타고 흘러내렸다

눈발

나비 떼 날아온다

살랑살랑 춤추며 날아온다

푸치니 나비부인의

아리아 선율에 춤추듯 노래하듯

빈들 빈 나뭇가지에

사뿐히 앉는다

은빛 나래 반짝이며

내 머리 위에도

내 어깨 위에도 살포시 앉는다

4월의 벗나무 가지에

꽃 나비처럼

나풀나풀 춤추며 날아와 앉는다

나빌레라 나빌레라*

* 나빌레라: 나비 같다는 뜻

그림자

어둠의 늑골이 열리고 햇살이 산란을 시작하면

분신인 양 여기저기 그려지는 그림자

곁에 바짝 붙어 서서 일거수일투족을 감시하는

그림자가 있는가 하면

태양을 향한 해바라기 하는 그림자도 있다

영적일 거라고 믿었던 시절도 있었지만

빛을 쫓는 실체 없는 존재라고 깨닫기까지는

오랜 세월이 흐른 뒤였다

한때 지체 높은 형상으로

존경의 대상인 시절도 있었던 그림자

대상마저 짓밟는 세상이 될 줄이야,

구름 끼고 안개 자우룩한 날이면

머릿속까지 파고들어 청춘을 아프게도 하고

노을에 잠시 앉았다가 그림자 술렁이는 밤이면

어둠 속으로 숨어든다

때로는 어느 여인이 던져 놓고 간 추억에 묻혀

울음 타는 밤을 지새웠던 날도 있었다

수묵화水墨畵

상강霜降 강물은 어느새 차갑다

부추꽃 바람으로 울고

여울물 소리로 우는 윤슬

가을 나그네 순령의 노을빛 아래

흰 갈대꽃에 마음 베인다

풀어진 매생잇국처럼 거뭇한 초저녁

산모퉁이 돌아 여울목에

낯익은 풍경들 하나둘 지우고

내 맘속에 슬그머니 들어와 앉아 있는

너의 뒷모습도 지운다

울음소리 입에 물고

행간을 가르는 기러기 떼

이제 막 산란한 개밥바라기별과

초릿대에 걸린 초승달

던져두었던 붓을 다시 잡고

시詩를 쓰듯

여백의 공간에 수묵화 한 폭을 그린다

서산에 오면

서산에 오면 무학대사가 달을 보고

깨달음을 얻었다는 간월암

노을빛 스며든 파도 소리가 정적을 깨우는

낯섦이 주는 또 다른 매력에 빠져든다

개심사 범종 소리 울려 퍼지는 용비지 돌아

노을길 밟으며 집으로 가는

삼화목장 소 떼들

밀레의 그림 같은 풍경 경이롭다

가을빛 첩첩 쌓인 보원사지 휘돌아

암벽 열고 나서는 마애여래삼존상

별빛 헹구어 낸 미소가 정겹고 자비롭다

파노라마처럼 펼쳐진 팔봉산 여덟 봉오리

주상절리 몽돌 속에

삼라만상이 고여있는 황금산

붉은 등대가 밝혀주는 삼길포 선상 횟집,

주름살이 파도 닮은 바다가 썰어주고

바람이 권하는 생선회 한 토막 소주 한 잔에

서산 갯마을 콧노래를 불러도 좋다

울고 싶은 날

방사선 조영제造影劑가 관상동맥을 타고

구석구석 심장을 뒤적이는 시간

내가 할 수 있는 일이라곤

빨리 꿈속에 빠져드는 일이 전부였다

꽉 막힌 막장을 뚫어

산소 공급을 서두르는 광부의 삽질처럼

수술실 핀셋의 손놀림이

무연탄 내연內燃의 불꽃처럼 뜨거웠다

아버지 어머니가 주신 몸뚱이

고이 간수하지 못하고

어디를 그렇게 쏘다니며 살았냐고

바람이 묻는다

돌아갈 수만 있다면

다시 유년으로 돌아가

어머니 섶에 안겨 실컷 울고 싶은 날이다

아버지 고향

내륙의 바다 충주호에 갇힌 조그만 섬마을

가보지 못했지만
어쩌면 당신은 강태공이 되어 계실지 모릅니다

참꽃 붉어지면 낚싯대 챙겨 들고 떠나셨다가
첫눈이 내려야 돌아오시던 곳

수몰민 모두 떠나고
산짐승 들짐승 산새마저 가뭇없는 범바위

나 이제라도 가보고 싶지만
고독한 영혼을 위해 남겨두어야겠습니다

운運도 때로는 받아들여야 한다

운이 성공에서 차지하는 비중은

생각보다 훨씬 큽니다

그렇지만 어디에서도

운에 대해 말하려 하지 않습니다

모든 것은 노력에서만

이루어진다고 말합니다

온 힘을 다해 노력해도

뜻대로 되지 않을 때는

운이 없다는 말 말고는 따로

설명할 방법이 없습니다

이것이 현실이라면

그 또한 받아들여야 합니다

끝없는 노력과 최선을 다했다고 생각할 때

운을 기다려 보는 것도

잠시 마음의 위로가 아닐까요

간절함은 도끼여야 한다

무엇이든

간절하면 반드시 이루어진다고 했다

어떻게 해서라도

그렇게 되고 싶다고 간절하게 바라면

그 생각이 반드시 그 사람의

행동으로 나타난다고 했다

실행은 생각을 간절하게 하고

생각은 행동을 냉철하게 만든다

하지만

그 간절함이 분명하지 않으면 안 된다

막연한 간절함이거나

욕심에서 우러난 간절함은

헛된 꿈일 수도 있다

반드시 의지력이 분명한

간절함이어야 한다

낙타의 울음소리

허기진 낙타의 등골을 본 적 있나요

뜨거운 모래를 맨발로

비루먹은 등짝에 무거운 짐을 매달고

가난한 주인을 싣고 가는

낙타의 뭉그러진 발가락을 본 적 있나요

어둠이 슬픔처럼 번지는 사막의 밤

허름한 외양간에 웅크리고 앉아

눈물 흘리는 낙타의 고독을 본 적 있나요

깃털에 부리를 묻고 눈 감은 새처럼

고통을 애써 삭이느라

옹이 같은 발가락을 핥아 내리며

등골 들썩이는 낙타의 눈물을 본 적 있나요

모래바람에 울부짖는 낙타의 울음소리가

흐미*처럼 우는 소리를 들어본 적 있나요

* 흐미: 목 울림의 창법으로 부르는 노래 (몽골민요)

해설

별을 동경하는 고독한 낙타의 길

_이 성 혁 (문학평론가)

별을 동경하는 고독한 낙타의 길

이 성 혁 (문학평론가)

모든 생명은 태어나서 성장하고 노쇠하다 죽는 과정을 거친다. 인간도 마찬가지다. 그런데 탄생은 무無에서 이루어지는 것이 아니며 죽음 역시 무로 되돌아가는 것이 아니다. 죽음이 있어야 탄생이 일어나고 탄생이 있어서 죽음이 일어나는 것, 그렇기에 탄생과 성장, 소멸의 과정은 생명의 순환 과정이라 하겠다. 자연의 질서 자체가 이 거대한 순환으로 이루어진다. 그래서 자연의 질서에 따라 움직이는 춘하추동의 순환은 생노병사하는 생명의 순환과 유비될 수 있다. 이에 우리는 봄을 맞아 생기를 느끼고 겨울이 오면 죽음을 상기한다.

　시인은 이 계절의 순환을 더욱 예민한 감성으로 감지하는 사람이다. 시인은 계절의 순환으로부터 생명의 기운 변화를 몸으로 느끼고 포착하여 그 감각을 언어로 번역하여 시화詩化한다. 황희영 시인의 『고요를 담다』는 이러한 시화를 잘 보여주는 시집이다. 이 시집의 시편들은 자연의 순환 속에서 느끼는 사람살이의 기쁨과 슬픔을 정면으로 시화한다. 이 시화를 통해 황희영 시인은 생명의 탄생과 소멸 과정을 거쳐 가는 삶의 모습을 그 본질에서 포착하고 있다. 시집의 첫머리에 실린 시부터 읽어보자. 이 시는 생명이 탄생하는 모습을 보여주면서 그 의미를 깊이 있게 탐색한다.

비바람 몰고 간 능금 밭에서

꽃술을 감싸고 있는 꽃잎의 눈물 보았다

맨몸으로 알을 품고 비바람 견뎌내는

경이로운 어미 새처럼

한낱 미물에 지나지 않는 과일나무지만

자식 사랑은 숭고했다

낳고 기르는 마음이야 모두가 같은데

세상에 태어나기도 전에 버려지는 생명을 보며

금수만도 못한 인간들에게 경종을 울리고 있다

생명의 탄생은 사람이나 꽃이나 숭고하다

죽음 같은 아픔을 견뎌내고

뼈아픈 시련을 이겨내

목숨 같은 열매가 열리겠지만

요즘 같은 봄날

소나기 피하는 능금 꽃도 안절부절, 조바심이다

— 「능금, 꽃밭에서」 전문

생명은 그냥 탄생하고 유지되는 것이 아니라, '자식 사랑'을 통해 이루어진다. 새 생명이 탄생했다고 그 생명이 다 유지되지는 않는다. 갓 태어난 생명은 가녀리다. 이 생명을 보호하지 않는다면 그 생명은 피어나지 못하고 죽어버릴 것이다. 비바람이 몰아칠 때 "꽃술을 감싸"는 꽃잎이나 "맨몸으로 알을 품"는 어미 새의 모정이 새 생명을 보호할 때, 그 생명은 삶을 계속 유지할 수 있다. 시인은 이러한 생명 탄생과 모정으로부터 '숭고'한 의미를 찾아낸다. 숭고는 "뼈아픈 시련을 이겨내"야 "목숨 같은 열매가 열"린다는 데 있다. 새 생명은 '어미'의 시련을 거쳐 이 지상에 뿌리를 박는다. 이는 자연의 모든 생명 있는 것들이 이루어내는 숭고함이다. 그렇기에 "세상에 태어나기도 전에" 생명을 버리는 인간들은 "금수만도 못"하다고 시인은 비난하는 것이다. 그에게 "금수만도 못"하다는 말은 과장이나 수사가 아니다. 자연의 생명들인 '금수'는 시련을 견디며 생명의 탄생을 지켜내는 숭고한 모습을 보이고 있기 때문이다.

황희영 시인에게 '숭고'는 아름다움에 대치되지 않는다. 그는 봄에 피어나면서 시련을 이겨내는 생명들로부터 숭고함과 더불어 활기와 아름다움을 느낀다. "산수유 꽃길에/ 봄을 기다리던 휘파람새 노래하고/ 이팝나무 가지에도/ 봄 오는 소리 파릇파릇하다"(「봄물 터지다」)는, 봄을 맞이하는 시인의 말투엔 활기와 기쁨의 정조가 표출된다. 시를 생각하던 시인이 "볼품없는 화단에"서 "봄비를 맞고 있"는 '붉은 동백꽃'을 발견하는 장면을 보여주는 「우수雨水」에서는, "터질 듯 꽉 찬 꽃봉오리와/ 흐드러진 진분홍이 더할 나위 없이/ 아름답고 찬

란했다”는 찬탄이 표출된다. 시인에게 봄에 등장하는 여러 새 생명들은 삶의 활력을 증진시키고 세계의 아름다움을 드러낸다.

하지만 황희영 시인은 자연 찬미에 주력하는 ‘자연파’ 시인은 아니다. 그는 이러한 자연의 현상들로부터 사람살이의 의미를 발견하고자 하는 시인이다. 비바람을 맞으며 꽃술을 감싸는 꽃잎을 보면서 인간의 사람살이가 가진 문제를 꼬집은 데서도 볼 수 있었듯이 말이다. 인용하지는 않았지만, 「봄물 터지다」나 「우수雨水」의 후반부에서도 봄에 피어나는 꽃의 아름다움을 발견하면서 시인은 자신의 삶을 생각하고 있다. 「감자꽃」이라는 시도 감자꽃의 개화와 자신의 ‘이등병’ 시절 만난 ‘유년의 여자 친구’를 떠올린다. 고속버스 안내양이 되어 있었다는 그녀는 어린 시절 “감자꽃이라고 놀려도/ 마냥 웃기만” 했던 친구였다는 것. ‘감자꽃’이 왜 그녀를 떠올리게 하는지에 대한 일화다. ‘그녀’와 겹쳐지는 ‘감자꽃’에서 볼 수 있듯이, 황희영 시인은 자연의 모습과 인간의 모습을 즐겨 유비 관계에 놓는다.

「4월」에서 황희영 시인이 “바람이 떨어뜨린 벚꽃”과 이 벚꽃을 ‘아장아장’ 밟으며 걸어가는 아가를 겹쳐놓는 것도 인간과 자연의 어울림을 표현하기 위해서다. 이 시에 따르면, 아가의 걸음과 함께 "바람은 살랑살랑 춤추고" "아가의 발그레한 볼처럼/ 4월의 눈빛"은 "향기로워"진다. 갓 태어난 인간과 봄이 한창인 자연은 서로 화답하는 관계 위에 존재한다. 이렇듯, 황희영 시인은 자연을 그리면서도 이 자연의 생태와 사람살이를 겹쳐놓는다. 어쩌면 그에게 더 중요한 지점은 인간의 모습이다. 이 시집에서 인간 생활의 생생한 모습이 자주 묘사되는 것을 보면 그렇다. 인간 생활이 거짓 없는 모습을 보여줄 때 그 사람살이는 자연과 가장 가까운 모습을 하고 있다고 하겠다. 아마 먹을 때가 인간의 가장 거짓 없는 모습을 보여주지 않나 한다. 아래 시에서 등장하는 칼국수 먹는 사람들 역시 인간의 본연적인 자연성을 드러내고 있다고 할 수 있지 않을까.

칼국수가 먹고 싶은 날은

입소문 자자한 해물칼국수 집으로 간다

바지락, 새우, 오징어 듬뿍 넣고

고추장 풀어 끓인 해물칼국수,

시청 뒷골목 칼국수 그 집에는

오늘처럼 비 오는 날이나

해맑은 날에도 만원이다

옆자리 사내는 지난밤 과음이라도 했던지

그릇째 들고

후룩후룩 마시는 국수 다시물

시원하게 가슴 쓸어내리며

이쑤시개 하나 뽑아 들고 출입문을 나선다

온통 바다 내음이

어머니 무르익은 손맛을 넘보는

해물칼국수, 그 집에는

파도 소리가 살고 있다

─「해물칼국수, 그 집」 전문

"입소문이 자자한 식당"은 식사 시간이 되면 활기로 가득 찬다. 인간이란 동물은 에너지를 재충전해야 살 수 있는 법, 이를 위해 맛있는 음식을 먹는다는 건 즐거운 일이 아닐 수 없다. 각양각색의 사람들이 해물이 '듬뿍' 들어간 칼국수를 맛있게 먹으며 살아갈 힘을 얻고 있는 이 식당은 자연의 생명력이 샘솟는 공간이다. 그래서 시인은 "그 집에는/ 파도 소리가 살고 있다"고 말하는 것이다. 그런데 그 파도 소리는 시인이 유년 시절을 보냈을 자연과 어울려 있는 고향을 떠올리게 한다. 시인이 해물칼국수를 먹으며 옛날 고향에서 어머니가 만들어준 칼국수를 떠올리는 것은 우연이 아니다. 인간은 자연적인 존재가 될 때, 자연과 어울려 성장한 자신의 어린 시절을 떠올리게 마련인 것이다.

달짝지근한 감꽃 냄새 가득한 뒤란
배불뚝이 항아리 속 된장 고추장이
그리움보다 깊은 봄볕에 달게 익어가고
까맣게 그을린 누이 얼굴에도
수선화처럼 뽀얀 봄이 왔지요

나물 캐고 밭매고
놋달챙이로 가마솥 닥닥 긁어
누룽지 뭉쳐 쥐여주며
삼베 보자기 덮어 들밥 내가던 누이

어느 그믐날 밤

봄바람 따라 서울로 가고

아지랑이처럼 떠오르는 꽃다지 생각에

감꽃 실에 꿰어 말리시며

대문 열어놓고 주무시던 어머니

수없이 감꽃 피고 딱따구리 울어도

텅 비어있는 하늘, 이제는

어머니마저 침묵 속에 묻혔습니다

－「초여름 밤」 전문

위의 시에서 '감꽃 냄새'는 시인의 어린 시절 고향을 떠올리게 하는 매개체 역할을 한다. 어린 시절 '뒤란'에는 "달짝지근한 감꽃 냄새 가득"했다고 하니 말이다. 그리고 이 감꽃 냄새는 된장과 고추장에 대한 기억으로 환유된다. 된장, 고추장은 한국인의 자연 친화적 식생활을 보여주는 양념이다. 자연과 어울려 지냈던 고향 생활에 대한 기억은, 자연스럽게 당시 함께 지냈던 사람에 대한 기억으로 확장된다. 황희영 시인에겐 누이와 어머니에 대한 기억이 각별한 듯하다. "들밥 내가던" 일을 하면서,

"가마솥 닥닥 긁어" 마련한 누룽지를 시인에게 "쥐여주"
곤 했던 누이. 하지만 "봄바람 따라 서울로" 간 누이는,
시인에게 이별의 아픔을 일찍 알게 해주었던 이이기도
하다. 고향과 어린 시절에 대한 아름다운 기억은, 하늘
이 "텅 비어있는" 상실의 현실을 아프게 일깨우면서 시
인의 마음을 아프게 하기도 하는 것이다. 시집 간 누이
가 아이를 잘 낳길 바라며 "감꽃 실에 꿰어 말리시며/ 대
문 열어놓고 주무시던" 어머니도 지금은 "침묵 속에 묻"
혀 있다.

하지만 그리움과 상실감을 낳는 이별은 우리를 성장
시키기도 한다. 위의 시에 시인이 '초여름 밤'이라는 제
목을 붙인 것은 이 때문일 테다. 봄이 새 생명이 탄생하
는 계절이라면 여름은 성장의 계절이다. '봄바람'은 누이
에게 새로운 삶을 살게 했지만 시인에게는 아픔을 주었
다. 시인이 이 아픔을 겪는 과정에서 봄이 지나가고 성
장의 여름이 왔던 것이다. "사그랑이 된 송화 꽃 같은 어
머니"(「송홧가루」)나 "별이 된 지 어언 반백 년"(「고비사
막의 별빛」)이 된 누이에 대한 기억은 아픔과 더불어 시
인을 성장시켰던 것. 그리움과 상실의 기억은 시인에게
삶의 아름다움을 일깨워주고 그의 삶을 더 한층 성숙시

켰으리라. "펄쩍 뛰면 손에 잡힐 것 같은 별들이/ 눈이 시립도록 아름답다"(「고비사막의 별빛」)는 시인의 말은 이와 관련된다. 손에 잡힐 것 같지만 결코 손에 잡히지 않는 것이 별이다. 아마 손에 쥐지 못하기 때문에 별은 아름다운 것일지 모른다. 그리고 이 별들을 붙잡지 못한다는 사실에 대한 인식과 인정이 삶을 더욱 성숙한 태도로 받아들이게 하는 것이다.

하지만 성장과 성숙의 계절인 여름이 지나면 가을이 온다. 가을은 양식을 거두는 풍요의 계절이지만 늦가을로 돌아가면 겨울을 준비하는 계절로 들어선다. 시인은 늦가을의 풍경을 다음과 같이 묘사하고 있다.

컴퓨터에만 매달리지 말고
하늘 좀 보고 살리는 메일이 왔다

창문을 열었다

홍시 빛 노을이 와락 가슴으로 달려들고
옥천암 저녁예불 끝낸 바람이

말간 풍경 소리를 고스란히 던져 놓고 간다

라마승처럼 오체투지로

길 떠날 채비 서두르는 단풍잎

연애편지 손에든 소녀처럼

마당을 가로질러 굴러간다

계절이 지나가는 회색빛 그늘 뒤로

날 선 칼을 들고 쫓아오는 겨울 망나니

삼동三冬 울리는 얼음장 같은 목소리에

마지막 남은 달력 한 장 제풀에 겨워

떨어지고

나목이 되어가는 나뭇가지

바람의 입을 빌려 휘파람 소리로 운다

나는 쓸쓸한 창틀에 기대서서

친구가 보낸 메일 속에

입동에 매달려 울고 가는 가을을 본다

- 「가을 안부」 전문

   가을은 하루로 치면 저녁에 해당된다. 그래서 가을 풍경은 저녁노을과 가장 잘 어울리는 것이다. 어느 가을

날, "하늘 좀 보고 살라"는 메일 받고 창문을 연 시인에게 "와락 가슴으로 달려"드는 건 "홍시 빛 노을"과 "저녁 예불 끝낸 바람"이 내는 "말간 풍경 소리"다. 가을 풍경은 밤을 맞이하기 위해 준비하는 모습이다. "길 떠날 채비 서두르는 단풍잎"이 "마당을 가로질러 굴러"가는 '쓸쓸한' 늦가을 풍경. 곧 죽음을 의미하는 '겨울 망나니'가 "날 선 칼 들고 쫓아"올 것이다. 나무는 자신의 이파리를 다 떨어뜨리고 나목이 되어 "휘파람 소리로" 울고 있다. 이 풍경은 곧바로 시인의 마음과 공명한다. 저 나무의 휘파람 소리는, 뒹구는 낙엽처럼 자신의 삶 역시 입동에 들어서고 있음을 자각하고 있는 시인이 내는 울음소리이기도 한 것이다. 죽음으로 가는 길은 나뭇가지에서 떨어져 나온 낙엽처럼 고독으로 떨어지는 것과 같다.

황희영 시인이 느끼는 쓸쓸함은 고독으로부터도 비롯된다. 하지만 「고독孤獨과 사유思惟」에 따르면, 고독은 사유를 자극하기에 삶에서 꼭 필요한 것이다. 가을이 고독과 사유의 계절인 것은, 거의 다 지낸 한 해를 반성하는 시간을 가을이 제공하기 때문이다. 삶의 가을 역시 지나온 삶을 전체적으로 반성할 수 있는 시간을 제공한다. 그리고 고독해야 그 반성의 시간을 가질 수 있다. 이 고독의 시간을 통해 남은 삶에서 "내가 해야 할 일이/ 무엇인지 생각할 수 있"는 것이다. 그것은 "나의 주체성을 되찾"아 스스로 고유의 빛을 내는 "지상의 유일한 별"이 되는 길이기도 하다. 그렇다면 이 빛은 어떻게 발현되는가.

가을의 고독은 사유를 자극할 뿐만 아니라 '동경'을 불러일으키기도 한다. 가을에 울리는 '풀벌레 소리'는 "동경을 울리는"(「간절기」) 소리다. 삶의 가을이 오면, 저 옛날 충만한 봄의 시간을 살았던 시절을 다시 떠올리며 동경한다. 그런데 이 동경의 열망이 가을에 접어든 삶에 빛을 부여하는 것이다. 그러므로 지독한 동경과 향수에 시달리는 입동에 다다랐을 때야말로 어쩌면 자신만의 빛을 발하는 "지상의 유일한 별"로 삶이 완성되는 시간을 맞이할 수 있다. 그래서 그 시간은 더욱 뜨거운 빛을 발하는 시간이 될 수 있는 것이다.

참나무 가지가 눈발에 갇혀 밤새 우는 밤

길도 내도 지워진 길 따라

꿈속에 고향을 다녀왔습니다

하늘엔 유난한 뭇별들이 흐르고

새초롬한 눈썹달이 예나 다름없이

서산마루에 걸려있었지요

여울물 얼어붙은 강가

설핏 떠오르는 눈매 선한 이웃 사람들

수몰민으로 고향을 떠나던 시린 그 날이

첫사랑처럼 그리워지기도 합니다

한 줌 햇살 매끄러운 봄이 오면

냉이 향이 코끝을 간지럽히고

쑥 향기 꽃내음에 주르륵 달려드는 뻐꾸기 울음소리

고즈넉한 산사 풍경 소리 따라

바람 타고 허공 떠나는

스님 닮은 동박새

-「꿈」 전문

때는 바야흐로 겨울이다. "참나무 가지가 눈발에 갇혀 밤새" 울고, "여울물 얼어붙은" 겨울. 이 겨울이 오자 시인은 고향에 대한 꿈을 더욱 간절하게 꾸게 된다. 프로이트가 말한 대로 꿈은 가상적인 소망충족이라고 할 때, 무엇인가를 소망하는 것을 의미하는 동경은 꿈을 낳는다고 하겠다. 겨울이 오자 시인은 "쑥 향기 꽃내음"과 "뻐꾸기 울음소리"가 가득 찼던 어린 시절 봄날의 고향을 동경하게 된 것인데, 이에 겨울은 동경의 계절이라 하겠다. 그리고 고향의 봄과 어린 시절에 대한 겨울날의 동경이 개인의 삶을 고유한 원환으로 맺어주며 완성시킨다. 고향에서 보았던 하늘의 "유난한 뭇별들"과 "새초롬한 눈썹달"을 다시 보고 싶다는 동경이 겨울에 다다른 하나의 삶을 새로이 별처럼 빛나게 해주는 것이다. 그렇게 동경은 겨울과 봄을 겹쳐놓으면서, 겨울의 삶을 새로이 의미화한다. 황희영 시인에게 겨울은 소멸로 가는 계절이 아니라 동경을 통해 새로 삶을 충전하는 계절, 삶을 더욱 열정적으로 만드는 계절인 것이다. 노을이 저녁의 삶을 더 뜨겁게 만들 듯이.

「노을」에서 시인은 "서해가/ 단풍잎처럼 물들 때" 마음이 "노을 속으로 뛰어든"다고 말한다. 바다를 붉게 물들이는 노을을 보면서, 시인의 마음도 붉게 불타오른 것, 하나 저 노을이 바다 밑으로 내려가면 천지는 어두워질 것이다. 어두워지기 직전에 세상은 노을을 통해 마지막으로 자신을 뜨겁게 불태운다. 시인의 마음도 완연한 겨울로 들어서기 직전에 '당신이 보고 싶"은 그리움의 꿈을 통해 뜨거워진다. 그 마음은 "마지막 정념情念을 불태우는 바다"와 같다. 하여 역설적으로, 겨울은 그리움과 동경으로 뜨겁게 달구어지는 계절이다. 하지만 시인은 알고 있다. 저 노을도 결국 수평선 아래로 가라앉을 것이며, 세상은 어둠으로 가득 차리라는 것을 말이다. 저 노을의 뜨거움은 곧 반대물로 전화될 것이다. 그래서 겨울로 들어서는 시인은 더욱 뜨겁게 동경과 그리움으로 불타오르면서도, 한편으로 소멸에 대한 사유 역시 예리해질 수밖에 없다. 겨울을 지내는 시인의 세계에 대한 인식은 그렇게 변증법적으로 깊어지게 될 터이다. 겨울은 세계의 표면이 아니라 이면을 보도록 이끌기 때문이다.

황희영 시인의 세계에 대한 완숙한 인식, 세계의 이면에 대한 인식은 「그림자」가 보여주듯이 '그림자'에 대한 사유를 통해 나타나기도 한다. 그림자는 빛의 이면이다. 시인은 이 시에서 그림자가 자신의 삶에서 어떠한 존재이며 그에 대한 인식은 어떠한지 말해준다. 청춘 시절 그에게 그림자는 아픔을 주었던 존재였으며, 그래서 "그림자 술렁이는 밤이면/ 어둠 속으로 숨어"들게 된다고 한다. 그리고 "때로는 어느 여인이 던져 놓고 간 추억에 묻혀/ 울음 타는 밤을 지새웠던 날도 있었다"고 한다. 한편, 시인은 그의 삶에 끈질기게 달라붙어 왔던 이 그림자에 대해 "영적일 거라고 믿었던 시절도 있었"으나, 그로부터 "오랜 세월이 흐른" 지금은 "빛을 쫓는 실체 없는 존재"임을 깨닫게 되었다고 한다. 즉 그의 삶에 붙어 있었던 열망, 그래서 아픔을 주었던 열망이 그의 그림자라고 한다면, 이 열망은 실체가 없는 것임을 깨달은 것, 이에 그는 과거부터 이어온 자신의 그림자로부터 이젠 벗어나야 한다고 생각할 것이다. "흘러가지 못하고 쌓여있는 허튼 말들과/ 내가 밟아놓은 발자국들을 쓸어내려"(「중년의 끝자락」)는 마음을 먹은 것은 이와 관련될 것이다. 하여, 이제 황희영 시인의 시는 다른 곳에서 써지기 시작할 테다. 그 시 쓰기는 과거의 퇴적물들을 지워낸 이후의 시 쓰기가 될 테니까 말이다.

상강霜降 강물은 어느새 차갑다

부추꽃 바람으로 울고

여울물 소리로 우는 윤슬

가을 나그네 순령의 노을빛 아래

흰 갈대꽃에 마음 베인다

풀어진 매생잇국처럼 거뭇한 초저녁

산모퉁이 돌아 여울목에

낯익은 풍경들 하나둘 지우고

내 맘속에 슬그머니 들어와 앉아 있는

너의 뒷모습도 지운다

울음소리 입에 물고

행간을 가르는 기러기 떼

이제 막 산란한 개밥바라기별과

초릿대에 걸린 초승달

던져두었던 붓을 다시 잡고

시詩를 쓰듯

여백의 공간에 수묵화 한 폭을 그린다

–「수묵화水墨畵」 전문

때는 상강, 시인은 늦가을에 접어든 시기에 서 있다. 그는 슬픔에 잠겨 있다. '삶의 황혼'에 그가 접어들었기 때문이다. "부추꽃 바람"이나 "여울물 소리로 우는 윤슬"이 시인의 마음을 표현한다. 그는 슬프고 쓸쓸한 마음을 안고 나그네가 되어 "순령의 노을빛 아래" 산길을 걷는다. 이제 날은 "매생잇국처럼 거뭇"해지고, 시인은 "낯익은 풍경들"과 자신의 마음에 "슬그머니 들어와 앉아 있는/ 너의 뒷모습"을 지운다. 자신이 사랑하고 열망했던 대상들과 그 열망이 만들어 놓은 그림자를 지우는 것이다. 그 행위는 슬픔과 작별하기 위해서이기도 한 것, 마침 기러기 떼가 "울음소리 입에 물고", "행간을 가르"며 멀리 날아가 버린다. 하여, '풍경'과 '너'와 열망과 슬픔이 지워진 시인의 삶에는 이제 "여백의 공간"이 생길 것이다. 시인은 이 여백 위에 "던져두었던 붓을 다시 잡고" 시를 쓰기 시작한다. 그 시는 수묵화처럼 담백할 것인데, 하지만 그의 '수묵화-시'가 무미건조하지는 않을 것이다. 한편으로 그는 아래 시에 등장하는 '무화과'와 같은 시를 쓰고자 하기 때문이다.

한세월 빠져나간 허수한 가지에

홀로 물든 사랑

노을빛 허허로운 늦가을

누구의 가슴을 훔쳤는지

움켜쥔 주먹 속에 분홍빛 입술

사랑은 그렇게 찾아온 것인가

가을 잎은 아직 붉은데

시베리아 건너온 바람

소설소설 불어오고

시류 늦은 가지

갈잎에 부리를 묻는다

전생에 한 번쯤은 꽃이었을 무화과

연붉은 속살에 분내가 난다

–「무화과」 전문

과거의 그림자를 지우고자 할 때, 그 시도는 그의 삶을 이끌었을 사랑을 저버리는 것이 아니다. 그것은 무화과가 꽃을 피우지 않는 것처럼, 사랑의 실체 없는 그림자인 사랑의 겉모습을 버리고자 하는 일이다. 나아가 그것은 사랑 그 자체만으로 홀로 내면을 물들이기 위함이다. 무화과의 '연붉은 속살'–이 무화과의 꽃이다–처럼 말이다. 이때의 사랑 역시 무화과 속살처럼 '연붉은' 색을 띨 터, 그것은 "노을빛 허허로운 늦가을"에 찾아오는 사랑이기 때문이다. 늦가을에 이르러 "전생에 한 번쯤을 꽃이었을" 자신의 과거에 대한 집착을 버리고 열망과 울음을 지운 이후에 찾아오는, 연붉은 속살로서의 사랑. 무화과를 응시하면서 황희영 시인은, 그렇게 사랑의 속살로 이루어진 무화과 열매 같은 시를 쓰고자 마음먹지 않았을까. 그러나 이러한 시를 쓴다는 일은 쉬운 일이 아니다. 왜냐하면 그러한 시는 노을빛 사랑을 간직하면서 어두운 겨울밤의 고독을 견디며 쓰는 것이기 때문이다. 그 연붉은 사랑은 "홀로 물"드는 사랑인 것이다. 무화과와 같은 시는 고독하게 사랑으로 익어가는 시다.

이 시집의 마지막에 홀로 사막의 밤을 고통스럽게 건너가는 낙타를 조명한 시를 배치한 것은 이유가 있을 터이다. 이 "눈물 흘리는 낙타의 고독"을 부각시킨 것은, 중년의 끝자락을 통과한 시인이 사랑 자체로 익어가기 위해서는 바로 저 고독한 낙타의 삶을 살아야 한다는 자각 때문 아니겠는가. 이 시의 후반부를 다시 읽어보면서, 앞으로 낙타의 고독을 감내하면서 시를 쓰고자 하는 황희영 시인에게 응원을 보내며 이 글을 마치고자 한다.

어둠이 슬픔처럼 번지는 사막의 밤

허름한 외양간에 웅크리고 앉아

눈물 흘리는 낙타의 고독을 본 적 있나요

깃털에 부리를 묻고 눈 감은 새처럼

고통을 애써 삭이느라

옹이 같은 발가락을 핥아 내리며

등골 들썩이는 낙타의 눈물을 본 적 있나요

모래바람에 울부짖는 낙타의 울음소리가

흐미처럼 우는 소리를 들어본 적 있나요

　　　　　　　－「낙타의 울음소리」 후반부

공감시선 16

고요를 담다

ⓒ 2024, 황희영

지은이_ 황희영

발행인_ 이도훈
펴낸곳_ 도서출판 도훈
초판발행_ 2024년 8월 12일

사무실_ 서울시 서초구 법원로3길 19, 2층 w109호
            (서초동, 양지원빌딩)
전 화_ 02-595-4621
팩 스_ 050-4227-4621
이메일_ flyhun9@naver.com
홈페이지_ www.dohun.kr

ISBN_979-11-92346-83-0 03810
정 가_ 12,000원

본 도서는 충청남도, 충남문화관광재단의 후원으로
발간되었습니다.